ツリーホーンの
ねがいごと

フローレンス・パリー・ハイド
エドワード・ゴーリー◎絵
三辺律子◎訳

東京創元社

テッドへ、愛をこめて

今日はツリーホーンの誕生日だ。

ツリーホーンがまっさきにとりかかったのは、プレゼントをおく場所を作ることだった。なにしろ、いっぱいもらえるかもしれない。おとうさんとおかあさんは、ここ数回の誕生日は、あまりプレゼントをくれなかったので、今年こそはきっと、そのぶん埋め合わせをしてくれるはずだ。

くつしたとパジャマをぜんぶ、シャツのひきだしに移した。これで、ここにすこし入れられるだろう。

それから、クローゼットにつみあげてあるマンガ雑誌やチョコバーの山をぜんぶ重ねて、ひとつの大きな山にまとめた。おかげで、かなりの場所ができた。こうしておけば、どんなにたくさんプレゼントをもらっても、しんぱいない。

１階へおりようとして、ふと思いつき、たんすを部屋のはしっこによせておくことにした。もしかしたら、自分専用のテレビをもらえるかもしれないからな。

１階におりるまえに、ツリーホーンは友だちのモシーに電話をかけた。
「今日はぼくの誕生日なんだ」
「おれの誕生日はクリスマスのつぎの日でさ。そのせいで、プレゼントをあまりたくさんもらえないんだよ。クリスマスのすぐあとに誕生日って、さいあくだな」
「なにをもらえるかは、わからないんだ。もしかしたら、自分専用のテレビかも」
「おれはきょねん、モノポリーを２セットだったよ」そう言って、モシーは電話を切った。

ツリーホーンがキッチンへ入っていくと、おかあさんは冷蔵庫のそうじをしていた。ありとあらゆるビンや容器がカウンターの上にならんでいる。プレゼントとケーキは見当たらなかった。

「のこりものをむだにしちゃ、もったいないわよね」おかあさんは言った。

「今日はぼくの誕生日だよ」ツリーホーンは言った。

「ええ、そうね。ケーキかなにか、あったほうがいいかしら。きっとおとうさんが用意してくれるわね。ほら、テーブルの上にプルーンがあるわよ」

ツリーホーンは食卓にすわった。

「のこりものでなにか作ったほうがいいでしょうね。キャセロールなんか、どうかしら。それとも、サラダみたいなものとか。のこりものを固めてゼリー寄せにするのもいいわね」

おかあさんはそう言いながら、ビンを冷蔵庫へもどしはじめた。

　おとうさんがキッチンに入ってきた。

「ツリーホーン、今日はなんの日か知っているか？」

「うん。ぼくの誕生日だよ」ツリーホーンはこたえた。

「今日は、あたらしい月のはじめの日だ。それはどういうことだと思う？」おとうさんはたずねた。

「プレゼントと誕生日ケーキということだと思う」ツリーホーンはこたえた。

「月のはじめの日は、うちにとっては、請求書の支払いをする日だ。かならずだぞ、ツリーホーン、かならずだ。信用とは、すなわち名誉なり、だからな」

「わたし、グリーンのスーツに合わせる帽子がいるの。さいきん、また帽子がはやってるのよ」おかあさんが言った。

「エミリー、このあいだ、スーツの請求書を払ったばかりじゃないか。帽子はもうすこし待てないのか？」おとうさんは言った。

「帽子がなきゃ、スーツとは言えないわ」と、おかあさん。

　ツリーホーンはプルーンをたべはじめた。

「エミリー、悪いが、請求書をいくつか、いっしょに確認したいんだ。ガスの請求がこれまでにないほど高くてね。メーターが、おかしいんじゃないかと思うんだ。ガス会社に電話して、午前中に検針員を寄こすようにたのんだよ」

「すぐにきてくれるといいんだけど。今日は町へいって、あたらしい帽子を買うんだから」

「だいじなことが先だ」おとうさんは言った。「あたらしい帽子は、請求書を調べてからだ。うちの金がどこへ消えているのか、確認しなきゃならん」

おかあさんとおとうさんは、リビングルームへいってしまった。

おかあさんとおとうさんはどんなプレゼントをくれるつもりだろう、とツリーホーンは考えた。イヌかもしれない。まさに今、庭にイヌがいるってこともありうる。それとも、まさかポニーとか？　今までは、ペットはダメだと言われていたけど、おかあさんとおとうさんは考えをかえたかもしれない。

ツリーホーンは裏口から庭へ出てみた。イヌもポニーもいなかった。でも、地面に穴をほったあとがある。ということは、やはりどこかにイヌがいるのかもしれない。

イヌの名前はなににしよう、とツリーホーンは考えた。白い毛に黒いぶちのイヌなら、「ぶち」という名にしよう。

ツリーホーンは、穴のところまでいってみた。まさに、イヌが骨を埋めたかほりだしたかした穴のように見える。

なかになにかある。ツリーホーンはひろいあげた。つぼみたいに見える。つぼってものはいつ必要になるか、わからないからな。そう思って、つぼをキッチンへ持っていった。どろだらけだったので、洗わないといけない。

おかあさんとおとうさんはまだリビングルームで、請求書を見ていた。

ツリーホーンはテーブルに昨日の新聞をひろげると、その上につぼをおいた。それから、ものおきからぞうきんをとってきて、いすにすわると、つぼをふきはじめた。コルクのせんがしてある。ツリーホーンはせんを抜いた。

すると、モワッとけむりが出て、背のたかい男の人があらわれた。頭ははげていて、耳に大きな金のわっかをつけ、なにか長いローブのようなものをきている。検針員のひとにちがいない。

「ここはどこだ？」男の人はたずねた。

「キッチンです。メーターは地下にあります」ツリーホーンはこたえた。

男の人は目をこすって、のびをした。地下室にはきょうみがないみたいだ。

もしかしたら検針員じゃないのかも、とツリーホーンは思った。精霊かもしれない。ジンについては、いろいろな物語を読んだことがある。ビンやつぼのなかにすんでいて、だれかに呼びだされると、出てくるのだ。きっとこのジンは、庭で見つけたつぼのなかにいて、さっきコルクのせんをあけたときに、出てきたのにちがいない。

でも、「あなたはジンですか？」ときくのはいやだった。だって、もしメーターの検針員だったら？　男の人は、ひどくねむたそうに見えた。もしかしたら、ただたいくつしているだけかもしれない。メーターの針を読むのは、たいくつそうだ。

男の人が検針員ではなくてジンなら、３つのねがいをかなえてもらえるはずだ。ジンといえば、そう決まっている。

そこで、ツリーホーンはねがいをかけてみることにした。そうすれば、ジンかそうじゃないか、わかるはずだ。

「誕生日ケーキがほしい」ツリーホーンは言ってみた。

男の人はあくびをして、ツリーホーンのよこにすわって言った。「ケーキはカウンターの上だ」

ツリーホーンがふりかえると、はたして、カウンターの上にケーキがあった。

さっきまではなかったはずだ。まちがいない。でも、冷蔵庫から出したビンや容器のせいで見えていなかっただけということもある。

ツリーホーンは立ちあがって、ケーキを見にいった。〈おたんじょうび　おめでとう〉と書いてある。でも、ろうそくがない。

ろうそくがないなんて、とツリーホーンは思った。ないんじゃ、ねがいごとができないじゃないか。

「ケーキにろうそくがついてたらよかったんだけど」

「ついてるだろう」男の人は言った。

「ううん、ないよ」

「もういちど、見てみろ」そう言われて、ケーキを見ると、たしかにろうそくがついていた。さっきまでは、ぜったいになかった。

ということは、やっぱりこのひとはジンだ。だとしたら、もうねがいを２つも使ってしまったことになる。１つめのねがいはケーキ、２つめのねがいはろうそく。これまで物語に出てきたジンはみんな、ねがいは３つしか、かなえてくれなかった。つぎは、よく考えて、ねがわなければならない。なににしよう？

ジンはテーブルに頭をのせて、目をとじていた。今にもうとうとねむりそうに見える。

「ずっとあのつぼのなかにいたら、たいくつだろうね」ツリーホーンは言った。

「外ほどじゃないね」ジンは言った。「なかにもどるまでは、どうもおちつかん。つぼから出ていって、会ったこともない人間のねがいをかなえるのには、ほとほとうんざりなんじゃ。なにしろ名前すら、知らない相手（あいて）ときてる」

「ぼくの名前はツリーホーンだよ」ツリーホーンは言った。

「そもそも知りたくもない」ジンはつづけた。「ほんとうのことを言うと、わしはただただつかれとるんじゃ。もしよければ、ちょいとつぼのなかにもどって、ひるねをしてもいいかね？　わしがなかにはいったらすぐにコルクのせんをしてくれれば、ねむっているあいだにふわふわ出ていったりせんですむ。つぎのねがいごとがきまったら、コルクのせんを抜（ぬ）けばよい。わかったかね？」

「わかったよ」ツリーホーンはこたえた。

ツリーホーンは、ジンがすうーっとつぼにもどっていくのを見ていた。そして、コルクのせんをしめ、またモシーに電話をした。

「庭でふるいつぼを見つけて、せんを抜いたら、ジンが出てきたんだ。ねがいを３つかなえてもらえる。ケーキをねがったら、ちゃんともらえたんだよ」

「どうしてケーキを２個たのまないんだよ、このマヌケ」

モシーはガチャンと電話を切った。

たしかにモシーの言うとおりだな、とツリーホーンは考えた。2個たのむことだってできたんだ。いや、10個だって。つぎは、もっと慎重にねがわないと。ねがいをなんでもかなえてもらえるっていうのに、バカバカしいことに使いたくない。ケーキがバカバカしいと言ってるわけじゃない。ケーキのない誕生日なんて、誕生日じゃない。それに、ろうそくのないケーキなんて、誕生日ケーキじゃない。

ツリーホーンはケーキを食卓へもっていくと、つぼのよこにおいた。ケーキに名前が入っていたらよかったけれど、ろうそくがあるし、まあいいだろう。

すると、おかあさんが入ってきて、のこりの容器を冷蔵庫にしまいはじめた。

「庭でふるいつぼをみつけて、せんを抜いたら、ジンが出てきたんだ」ツリーホーンは言った。

「おとうさんとおかあさんが、家のなかにガラクタを持ちこむことについてどう思っているかは、わかっているわよね。まえにどこにあったか、わかったもんじゃないんだから」

第33回鮎川哲也賞受賞第1作

ヴィクトリア朝大英帝国の
「インターネット」を支えた電信産業。
女性電信士が姿なき犯人を追い詰める!

tantawat/Shutterstock.com

電報予告殺人事件

岡本好貴

四六判上製　定価 2310円 E

時はヴィクトリア朝。電信局で起きた密室殺人。疑われた青年を救う為、電信士ローラが己の知識と技能を駆使して見えない犯人を追う。

5
2025
新刊案内

東京創元社
〒162-0814 東京都新宿区新小川町1-5
TEL03-3268-8231(代)
https://www.tsogen.co.jp
*価格は税込

かれ応募する。面接当日、そこにいた社長は、幼いころに憧れていたアイドルだった――。

好評既刊■単行本

記憶の対位法

高田大介　四六判上製・定価2420円 E

新聞記者ジャンゴは、対独協力者と糾弾された祖父の遺品から謎めいた空の小箱を発見する。〈図書館の魔女〉シリーズの気鋭が贈る、知的探究の喜びに満ちた長編ミステリ。

好評既刊■創元推理文庫

明智卿死人を起す

小森収　定価1012円 E

帝の勅令により商都・堺の陰陽師失踪事件を捜査することになった権刑部卿・明智小五郎光秀と、相棒の陰陽師・安倍天晴。魔術が存在する〝日の本〟が舞台の傑作本格ミステリ。

※価格は消費税10％込の総額表示です。 E 印は電子書籍同時発売です。

■単行本

ツリーホーンのねがいごと

フローレンス・パリー・ハイド／エドワード・ゴーリー絵／三辺律子訳

四六判上製・定価1980円 Ⓔ

誕生日に裏庭でつぼを見つけたツリーホーン、なかからあらわれた男の人に、ねがいごとを言ってみるが……エドワード・ゴーリーのイラスト30点。ナンセンスでとぼけた物語。

漂着物、または見捨てられたものたち

ルーシー・ウッド／木下淳子訳

四六判仮フランス装・定価2970円 Ⓔ

空き家やキャンプ場、岩場や砂浜……英国コーンウォールの海辺には、忘れがたい物語がひそんでいる。サマセット・モーム賞受賞作『潜水鐘に乗って』に続く珠玉の第二作品集。

■創元推理文庫

金庫破りの謎解き旅行

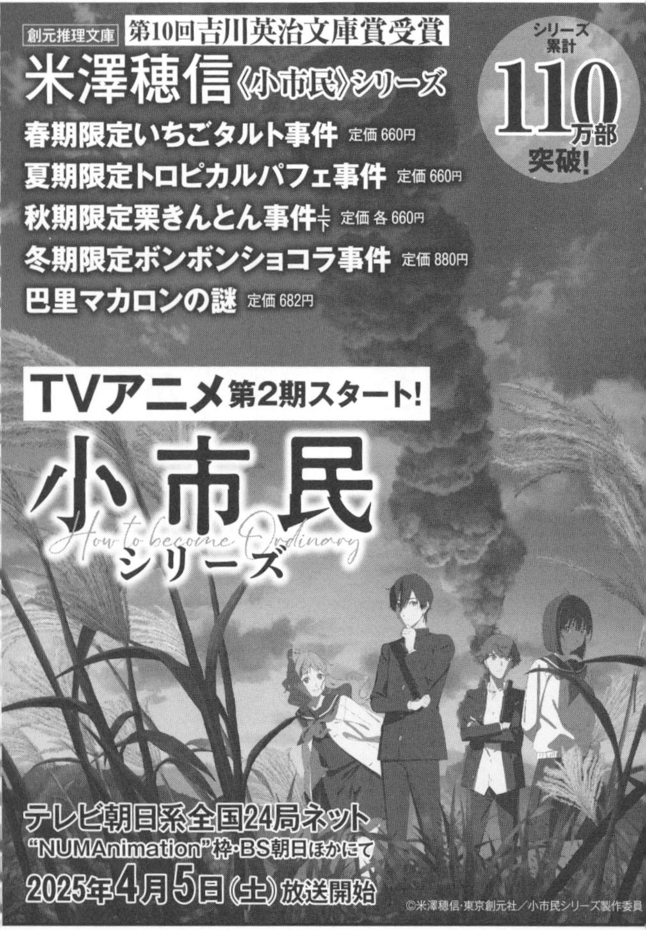
創元推理文庫
第10回吉川英治文庫賞受賞
米澤穂信《小市民》シリーズ
シリーズ累計110万部突破!
春期限定いちごタルト事件 定価 660円
夏期限定トロピカルパフェ事件 定価 660円
秋期限定栗きんとん事件 上・下 定価 各 660円
冬期限定ボンボンショコラ事件 定価 880円
巴里マカロンの謎 定価 682円
TVアニメ第2期スタート!
小市民シリーズ
How to become Ordinary
テレビ朝日系全国24局ネット
"NUMAnimation"枠・BS朝日ほかにて
2025年4月5日(土)放送開始
©米澤穂信・東京創元社／小市民シリーズ製作委員

「ケーキをねがったら、もらえたんだ」ツリーホーンは言った。
「すてきなケーキね」おかあさんは言った。「ちゃんとおぼえていて、買ってきてくれたなんて、さすがおとうさん。でも、午前中にあまいものはだめという決まりのことは、わかっているわよね？　ケーキは今夜までおあずけよ」
「あともう１つ、ねがいごとができるんだ。まだなにをねがうか、決めてないんだよ。テレビにしようかな」
「おとうさんとおかあさんは、今夜、テレビを見る予定なの。テレビを見ることについてのテレビ番組で、テレビを見るべきかどうかという話をするらしいわ。あなたもいっしょに見る？」
　すると、おとうさんがまたキッチンに入ってきた。
「ツリーホーン、おまえには今日のおとうさんを手本にしてほしい。ガスの請求金額があがったとみるやいなや、おとうさんはすぐガス会社に電話をして、検針員にきてもらうことにした。問題は起きたらすぐ解決する。それが、今日、おまえに学んでほしいことだ」
「ぼくのケーキを見てよ」ツリーホーンは言った。

「りっぱなケーキじゃないか。こういったことをちゃんと考えてくれるおかあさんがいて、おまえはしあわせだな」おとうさんは言った。

「これは、ジンからもらったんだよ。庭でふるいつぼをみつけて、せんを抜いたら、ジンが出てきたんだ。さいしょは誕生日ケーキをねがって、つぎはろうそくをねがった。だから、あと１つ、のこってるんだ。なににしようか、決めようとしてるところなんだよ」

「おまえは、自分で考えて決めるということを学ばなければならんな。決められないやつはだめだ」

「チェスター、夕食はおいしいキャセロールがいい？　それとも、ゼリー寄せにする？」おかあさんがたずねた。

「うーん、どっちでもかまわんよ」おとうさんはこたえた。

「もうねがいを２つ使っちゃったんだ」ツリーホーンは言った。

「むすこよ、ねがう価値のあるものなら、そのためにはたらく価値もある、だぞ」おとうさんは言った。

「つぎのねがいを決めたらすぐに、ジンをまたつぼから出すだけでいいんだ。つぼを見つけたなんて、ぼくは運がいいな」ツリーホーンは言った。

「運というのは、自分できりひらくものなんだ。いっしょうけんめいはたらいた者だけが、手に入れることができる」おとうさんは言った。

「ぼくはいっしょうけんめいはたらかなくても手に入れたよ。庭に出たら、つぼがあったんだ。それだけ。はたらく必要なんてなかったよ」

「はたらくことに代わるものなどない。はたらくことそれ自体が最高のほうびなり、だ」おとうさんは言った。

「ライムのゼリー寄せならいつでも作れるわ」おかあさんが冷蔵庫をのぞきながら言った。「ライムはいつだっておいしいものね。色もきれいだし」

「エミリー、わたしはそろそろ会社にいくよ」おとうさんは言った。「ツリーホーン、今日のささいな教えを忘れるなよ。問題は起きたらすぐ解決する。そして、はたらくべし、だ。わかったな、ツリーホーン。はたらくことこそ、すべての答えだ」

「そうじゃなきゃ、クリームソースをつくって、のこったものをぜんぶ入れちゃおうかしら」とおかあさんは言った。

おとうさんが仕事に出かけると、おかあさんはリビングをそうじしにいった。そこで、ツリーホーンはつぼを手にとり、ねがいごとをしようと思ったけれど、なにをねがえばいいのか、わからなかった。

100万ドルをねがったらどうだろう。でも、そんなお金をしまっておく場所がない。クローゼットの空けた場所とひきだしをぜんぶ使っても、100万ドルなんて入らないだろう。

ポニーをねがったらいいかもしれない。でも、おかあさんとおとうさんは、飼わせてくれないだろう。自分専用のテレビという手もあるけれど、きっと今のよりいいテレビがくるから、おとうさんたちにとりかえようと言われるような気がする。

そのとき、ノックの音がしたので、ツリーホーンはドアをあけた。

「おたくのガスメーターを見にきたのですが」男の人が言った。

「地下にあります」ツリーホーンは言った。「このつぼ、見てください。なかにジンがいるんです。コルクのせんを抜いたら、あと1つ、ねがいごとができるんですよ」

「ええと、ぼうやのつぼとジンに興味がないわけじゃないんだが、仕事があるんでね。話があるってやつの言うことをいちいちきいてたら、仕事がおわらんだろ？」

そして、男の人は地下室へおりていった。

ツリーホーンはつぼを見た。またべつの、ジンの入ったつぼをねがえばいいかもしれない。そうすれば、もう一度3つのねがいを手に入れることができる。

すると、おかあさんがきた。「検針員のひとはきた？」

「地下室にいるよ」ツリーホーンはこたえた。

「検針員のひとがかえったら、町へいきましょう。いまから2階へいって、グリーンのスーツにきがえてくるから。そうすれば、あたらしく買う帽子がぴったりかどうか、わかるものね」

「ジンはつぼのなかにもどったよ。なにをねがうか決めてから、出せばいいんだ」ツリーホーンは言った。

「それはいいわね」おかあさんは言った。「町へいくんだから、じょうとうなセーターを着るようにね」

　げんかんのベルが鳴った。友だちのモシーだった。

「誕生日になにをもらったか、見にきたんだ」モシーは言った。

「なにももらってないんだ。でも、あとでたくさんもらえると思う」ツリーホーンは言った。

「どうだろうな。きょねんは、ださいセーターしか、もらえなかったじゃないか」

　モシーはケーキのところへいった。「名前が入ってないじゃないか。これじゃ、だれの誕生日ケーキかわからないよ。これ、チョコレートケーキか？　おれはチョコレートを食うと、ニキビができるんだ。チョコレートケーキなら、おれはいらないよ」

「なんのケーキか、わからないよ。まだ切りたくない。ろうそくに火をつけて、ふき消してからじゃないと。そうしないと、ねがいがかけられないだろ」

　すると、地下室から検針員があがってきた。

　モシーは検針員にむかって言った。「どうしてケーキに名前がないんだよ？　誕生日ケーキっていうのは、名前が入ってるものと決まってるんだ。どんなおかしな名前だとしてもな」

検針員はモシーを見た。「しつもんのいみがわからないんだが」
「ほんとうにジンなら、つぼのなかにもどってみせろよ」モシーは言った。
そこへ、おかあさんがやってきた。グリーンのスーツをきている。「検針員のかた？　それとも、さっきからツリーホーンが言っているあたらしいお友だち？」
「検針員です」と、検針員は言った。「ご主人に、メーターに問題はないとお伝えください。しっかり調べましたから。それと、お子さんたちはちょっとテレビの見すぎじゃないですかね？　くうそうとげんじつがごっちゃになってるみたいだ。ほんとうのこととつくり話の区別がついてない。このままだと、まずいですよ」
「おまえ、あんまりたいしたことのないジンみたいだな」モシーは言った。「すごいジンなら、ケーキに名前を入れたはずだからな」
「ほら、テレビの見すぎだと言ったでしょう？」検針員はそう言って、帰っていった。
モシーは言った。「おれも帰るわ。プレゼントをもらったら、電話しろよ」

「午前中から、ひとにたずねてこられるのはこまるわ。冷蔵庫のそうじをする日は、とくにいやよ。あたらしい帽子を買いにいく日とかね」
「ジンがくるのは、うれしいけどな」ツリーホーンは言った。
「お友だちをよぶなら、午後のほうがずっといいわ。さあ、セーターにきがえてらっしゃい。あたらしい帽子を買いにいくわよ。ぴったりの色のがあるといいけど」
　ツリーホーンは２階へいって、セーターにきがえた。きょねんの誕生日にもらったものだったけれど、きてみると、だいぶ小さくなっていた。
　つぼももっていくことにした。そうすれば、いいねがいごとをおもいついたら、すぐにジンをよびだせる。デパートでなにかほしいものが見つかるかもしれない。ジンがいっしょなら、その場でねがうことができる。

　ツリーホーンとおかあさんはデパートへいって、エレベーターにのった。

「おくまでおつめください」エレベーター係（がかり）のひとが言った。

「このつぼのなかにはジンがいるんだ。コルクのせんを抜（ぬ）くと、あとひとつ、ねがいをかなえてくれるんだよ」ツリーホーンは言った。

「ぼうやはついてるな」エレベーター係（がかり）のひとは言った。

「おじさんはそんないい目にあったことがない。たからくじも、ふつうのくじも、ビンゴもあたったことがないんだ。よつばのクローバーを見つけたことすらないんだからな」

「ぼくはもう、ねがいを２つ、使（つか）っちゃったんだ」ツリーホーンは言った。

「２階（かい）でございます。カーテン、シーツ、タオル売り場でございます」エレベーター係（がかり）のひとは言った。「チキンの叉骨（ウイツシユボーン）のひっぱりあいで、勝（か）ったこともいちどもない」

「まずケーキをねがって、つぎにろうそくをねがったんだ。ケーキに名前がついてないのは残念（ざんねん）だけど、まあ、ろうそくはあるしね」ツリーホーンは言った。

「3階でございます。ふじんよう帽子、スカーフ、くつ売り場でございます」係のひとは言った。「はきごこちのいいくつに、めぐりあったことだってない」
「ここでおりるわよ、ツリーホーン」お母さんが言った。
「運がむくよう、いのってくれるかい？」
「運がむくといいね」ツリーホーンは言った。
「ぼうやには、かんたんなことだろうな。ぼうやにはもう、ジンのはいったつぼがあるんだから」
ツリーホーンとおかあさんが帽子売り場へいくと、店員さんがやってきた。
「いらっしゃいませ」
「このグリーンのスーツに合う帽子がほしいのだけど。まったくおなじ色のがいいの。かんぜんにおなじのがね」
「とてもかわったグリーンですね。でも、だいじょうぶ。ぴったりのお帽子をおさがししますね。ええ、かならずぴったりのものがございますとも」店員さんは言った。
おかあさんはかがみのまえにすわった。ツリーホーンはつぼをもったまま、かべによりかかった。

「しゃんとなさい」おかあさんがちゅういした。
「しっかりしたおかあさまがいらして、ぼうやは運がいいわね」店員さんが言った。
「うん、ぼくは運がいいんだ。だって、このつぼのなかにはジンがいてね。コルクのせんを抜いたら、あと１つねがいごとができるんだ。なんだってすきなものをねがえるんだよ」
「しっかりしたおかあさまがいらっしゃれば、それいじょうのねがいなんて、もうないでしょう？　そのつぼのなかにいるようなお友だちは、これからもあらわれては、またいなくなるでしょうけど、おかあさまの愛はずっとずっとつづくんですから」
「このグリーンに合うものを見つけるのは、むりなんじゃないかしら」おかあさんが言った。
「当デパートに、『むり』ということはございません」店員さんは言った。
　なにをねがおう。ツリーホーンはかんがえた。あそこにある大きなでんしゃセットはどうだろう。でも、でんしゃセットなら、おかあさんとおとうさんから、もらえるかもしれない。どうせもらえるものに、ねがいを使うのはもったいない。

「こちらのすてきなお帽子はいかがでしょう？　今年はまた、つばの広いものがはやりですのよ」店員さんが言った。
「とてもすてきね。でも、このグリーンはちがうわ」おかあさんは言った。
「そうかもしれませんが、とてもお似合いですよ」
「でも、このグリーンじゃ、スーツに合わないもの。わたしは、まったくおなじグリーンのがほしいの」
店員さんはべつの帽子をもってきた。「今シーズンは、ターバンがトレンドなんですよ。大流行しているんです」
「でも、このグリーンはひどいわ」
「色さえよければいいというものじゃ、ありませんわ。お帽子でたいせつなのは、形なんです。さいきんはまた、形がちゅうもくされているんですよ」
おかあさんはため息をついた。「わたしはスーツとおなじグリーンの帽子がほしいの。まったくおなじ色あいのがね」

ツリーホーンはかんがえをめぐらせた。でんちでうごくミニカーもいいかもしれない。大きさ以外は、ほんものの車そっくりのを。だとしたら、何色がいいだろう？

「こちらなら、ぴったりおなじ色ですわ」店員さんが言った。

おかあさんはかがみをのぞきこんだ。「ずいぶんとおかしな形をしてるのね」

「ことしは、おかしな形のものがはやっているんです」

「すくなくとも、色はぴったりね。じゃあ、これをおねがいします」おかあさんは言った。

「これならこうかいなさいませんわ。すてきなお帽子があれば、見ちがえるようにかわりますから」

ひこうきをねがうのもいいかもしれないぞ。ツリーホーンはかんがえた。いっしょにパイロットもねがえば、どこでもすきなところへいける。せかいじゅう、どこだって。

うちにかえると、ツリーホーンはつぼをキッチンのカウンターにおいた。ねがいごとは、まだ決まっていなかった。

「セーターはクローゼットにかけておきなさいね。じゃないと、形がくずれてしまうから」おかあさんが言った。

ツリーホーンは２階へいって、セーターをクローゼットにかけた。それぞれつみかさねていたものをひとつの山にまとめたので、クローゼットのなかはだいぶよゆうがある。もちろん、ひこうきはむりだけれど、ほかのものなら、たくさん入るだろう。それに、たんすもはしによせたから、大きなでんしゃセットもゆうゆうおける。おかあさんたちがくれるかもしれないからな。

　ツリーホーンは１階へおりていった。おかあさんはグリーンのスーツとあたらしい帽子すがたで、カウンターのまえに立っていた。おかあさんは、ツリーホーンのつぼを手にとると、言った。

「このなかみはなんだったかしら？　ゼリー寄せに入れられるかもしれないわね」そしてコルクのせんを抜いて、カウンターにおいた。

　すると、もわっとけむりがあがり、ジンがあらわれた。おかあさんは冷蔵庫のなかを見ていた。

「ふむ、ねがいはなんじゃ？」ジンはきげんがわるそうだった。「ほら、いそげ。わしはひまじゃないんだ」

　もっとかんがえる時間があったらよかったのに。そう思いつつ、ツリーホーンは言った。「誕生日ケーキに名前を入れてほしい」

「よし」ジンは言った。「わしはまたべつのつぼをさがさなきゃならん。めんどうだが、決まりは決まりだからな」

　そして、またもわっとけむりがあがり、ジンは消えた。

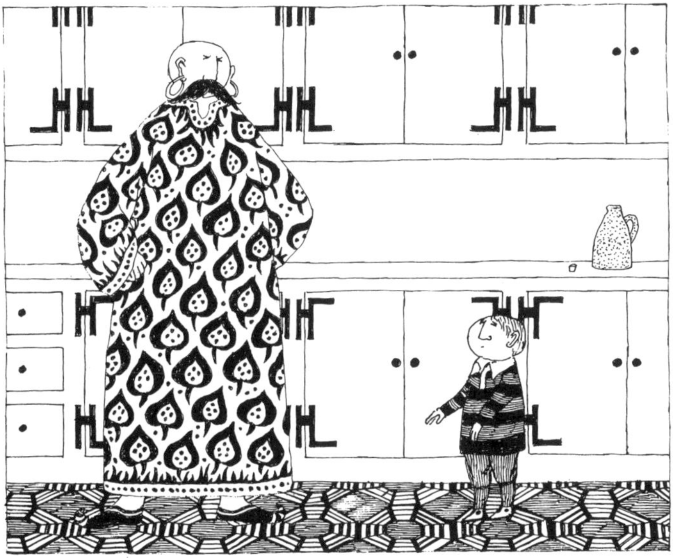

「食事どきに、あなたのお友だちがこないといいのだけど」おかあさんは言った。
　そこへ、おとうさんが入ってきた。
「チェスター、わたしのあたらしい帽子はどう？」おかあさんは言った。おとうさんは「とてもすてきだよ、エミリー。とてもおしゃれだ」と言った。
「デパートで見たときは、まったくおなじグリーンだと思ったんだけど、ここで見ると、ほんのすこしだけ色合いがちがうわね。このスーツとまったくおなじものがよかったのだけど」
「グリーンどうしなら、なんだって合うよ。野原や森も、そうだろう？」おとうさんは言った。
「お食事は、ライムのゼリー寄せにしたの」おかあさんは言った。
「ぼく、ケーキにぜんぶのねがいを使っちゃった」ツリーホーンは言った。

「すてきなケーキじゃないの」おかあさんは言った。「あと、おとうさんとおかあさんから、とってもすてきなプレゼントがあるのよ」

　おかあさんはツリーホーンに箱(はこ)をわたした。ツリーホーンはふたをあけた。

　なかみは、セーターだった。サイズが大きいだけで、きょねんのとまったくおなじだ。そでがながくて、手がかくれてしまう。まあ、そでをまくればいいことだけど。

「かっこいいセーターだな」おとうさんは言った。「それに、ながく着(き)られそうだ」

　おかあさんとおとうさんはダイニングルームへ入っていった。

ツリーホーンはカウンターまでいって、ケーキを見てみた。〈ハッピーバースデー　ツリーホーン〉とかいてある。ツリーホーンはケーキを食卓へはこんだ。

これで、3つのねがいをぜんぶ使ってしまった。ジンももういない。ツリーホーンは食卓につくと、ケーキのろうそくに火をつけた。そして、ふかく息をすいこむと、ねがいごとをし、火をふき消した。

よし。きっとねがいはかなうだろう。まんがいちかなわなくても、またいつか、べつのジンの入っている、べつのつぼが見つかるかもしれない。それどころか、おなじジンということだってありえる。

とにかく、ケーキはまだあるのだ。ツリーホーンはろうそくを抜くと、さいしょのひときれを切りはじめた。

ツリーホーンのねがいごと

著　者
フローレンス・パリー・ハイド

装画／本文挿絵
エドワード・ゴーリー

訳　者
三辺律子

2025年5月9日　初版

発行者　渋谷健太郎
発行所　(株)東京創元社
〒162-0814 東京都新宿区新小川町1-5
電話 03-3268-8231(代)
URL https://www.tsogen.co.jp

装　幀　東京創元社装幀室
印　刷　フォレスト
製　本　加藤製本

乱丁・落丁本は、ご面倒ですが小社までご送付ください。送料小社負担にてお取替えいたします。
Printed in Japan ©Ritsuko Sambe 2025 ISBN978-4-488-01146-8 C8097